산과 산 사이

정기로

산과 산
사이
정기로

박승봉 시집

북랜드

자서

강물은 멀리멀리 흘러갑니다

마지막 군불 지핀 지 10여 년
방바닥은 싸늘한데
이불 뒤집어쓰고
올바른 시어를 찾아 쓰겠다는
열망은 식지 않아 경전을
파고들었습니다

차디찬 시간이 내 시련일지

그래도
시고 떫습니다

2021년 맹춘 함지산 기슭에서

차례

1

2

3

4

5

1

다향茶香

엘자의 눈* 빛으로 마주한 식탁
한잔의 따끈한 보이차** 진한 향이 풍깁니다

당신과는 솔잎 갈매기 사이로 푸른 여정을 흘러
꼭짓점을 찍고 산등성이에 걸친 저녁노을을
황홀하게 보고 있습니다

내 어수룩한 심연深淵을 포근한 사랑으로
닦고 빛내 맑고 투명한 아쿠아리움에
태양이 깊숙이 비춰줍니다

마주한 식탁에 풍기는 다향
마음 한 점 찍은 입맛을
이대로 멈출 수 없지
재灰 속에 품은 화롯불처럼
짙은 다향처럼 오래오래 이어가고말고

* 루이 아라공의 시 제목
** 중국 윈난성 지방에서 생산한 발효차

비염

내 콧속엔
허름한 허당虛堂 하나
온종일 쌓은 허욕이 있다

비워내야 할 나이
분수에 지나친 끊임없는 망촉望蜀*
아침이면 재채기를 한다

핑계는 비염이라고
등골에 땀 배어 나오도록
반성문은 에취 에취
열서너 장 될걸

까맣게 잊은
부끄러움 가득 쌓고
아침에는
콧구멍 쓰리도록 반성문으로 닦는다
얼마나 더 혹독한
죽비竹篦를 맞아야.

* 만족할 줄 모르고 계속 욕심부림

나침반

초기는 언제나
벌벌 떨었지
콜록거렸지만
아무도
감기 앓지 않았다
풍향계처럼 정확했다

내 맘의 나침반은
좌정하다가도
달콤한 바람
꾀임도 모르고
덜컥
정방향인 줄
최면에서 깰 때는
떠난 애인의
뒷모습만 그린다

누굴 대하든 바른 맘
바른 낯빛 바른길
제시하는 나침반

한로寒露

24구절을 낱낱 훑어가던 중
한로에 들어서면
몸이 오싹하도록 한다

내 문장이 찬 이슬방울에 덮여
쪼그리고 기를 펴느라
아침 한나절 사족蛇足을
걷어내느라

하기야 이 시련 겪어서야
뭐 시다운 시어를
엮을 수 있지 않을까

찬 이슬이야 거뜬히 이겨내서
칼날 같은 번뜩이는
문장 탄생할는지
한로보다 더 아린
상강이 오기 전에

고정관념

생각을 구부리면 서로 편하다
내 머리에 박힌 차돌 하나
이것 때문에 애들이 답답해한다

미루나무 두 그루
한쪽은 꼿꼿이 위로만
이쪽은 약간 기운 채 창창하다
산새 들새 집 짓고
새들 모여 놀아주는데
곧은 나무는 적적하다

밥이 있으면
국이 따라야 한다는
붙박이 생각
두루마기 입고 갓 쓰고
자전거 타면 어색하다는 생각

내 머리에 박힌 차돌은
고정관념임을 안다

옹고집 가정에 쇠망치가 없다

태풍 전야

밥 먹은 게 체한지
목구멍을 밀어 올린다
닥치는 대로 인정사정없는
불한당보다 더한 태풍을 맞다니

내 맘 졸이고 밧줄로 묶고
너트 조이고 못질하고
뒷도랑 쳐내고
내 옷 단추 지퍼 꼭꼭 잠그고

비껴갔으면 좋을 텐데
제멋대로인 줄 안다
막 휘젓고 빵빵이 돌리고
쓸어 훑어버리고 미친개 날뛰듯

앞잡이인 듯 여기 센바람이다
맘 졸인 태풍 전야
창문을 다시 만지작거린다

귀 멀어지다

온갖 미세한 소리에 일일이 반응하던 귀청
이제야 철이 들었는지 벌써 지천명은 지났으니
고종명에 이르렀는지 꽃 같은 싱그러운 것만
새겨들으려는 듯한 귀청

산꼭대기 오를수록
먼 데까지 조망할 수 있는 것처럼
고주파를 새겨들어야 할 보약 같은 소리

온갖 잔가지 끌어안은 언 듯 부는 바람에
흔들려야 할 가지를 과감하게 생략하고
간결하고 요약된 바람만 맞으련다

가망 없는 소리도 귀청에 사흘 담아두지 않아
밝고 청아한 소리만 가릴 줄 알고
안 들을 줄 알게 되어 한결 귀청은 가벼워졌다

백수白叟

하얀 머리 늙은이 뒤죽박죽
어눌한 낱말 풀풀 날리는 군
하얀 이빨 틈으로
받침 없는 홀소리 퉁겨
떨어지자마자 사라졌다
무도장인가 봐
무희들 흰 드레스 휘감기는 군
경쾌한 발놀림 하얀 눈꽃이 나풀거려
보기 좋아
은빛 나래 펄럭이는 뒤끝
소금인가 설탕인가
소복소복 쌓이는 군
흰털 수캐는 암캐 만난 듯 날뛰는 주둥이
흰 거품 뿌리면서 헐떡거리네
버럭 소리 질러 쫓아봤자 맥 빠진 몸
지팡이도 감당 못 해 뒹구는
백수*의 머리 위에 눈 내리는 날이다

* 白叟 : 노인. 나이가 들어서 늙은 사람

분홍바늘꽃

운암지 주변을 앙증맞은 얼굴로
한 무리 지어 일제히
깔깔 웃는다
그래그래 웃는 네 얼굴 보니
내 시름 쑥 들어간다
한세상 건너는데
어찌 웃음만 있겠나
괴로움 드러내지 않고
웃음으로 태연한 척
나 조금만 괴로우면
얼굴 찌푸리고
가족을 들 삶는 짓거리
참을 줄 모르는
분홍바늘꽃보다 못한 사람
나의 괴로움을 속으로 삼켜
환한 얼굴 지으면
서로 보기 좋아하지 않겠니

육체와 정신 사이

결혼 초기 사과 복숭아를
기호품인 줄 알았다
배설의 윤활유란다
세월을 오랫동안 건너는 동안
육체는 늙고 정신은 고달프고
자체 처방은 변했다

얄팍한 봉투로 아이 셋
공부 시켜 짝 맺어 주기까지
강박감은 탈출구를 찾지 못해
육체는 빙점에 도달한 듯
가둔 물은 흘려보내야지
강박감의 내부를 압박했다

까스명수를 지나 박카스를 건너
위청수 판콜로 위로했다

삿다 놓은 사리 옮기번

깜박깜박할 나이

무사히 건널 디딤돌이 된
고구마 참외
이건 식성이 아니야 처방일 뿐
오란 씨와 홍초 식초는
첨가제로 이어진다

육체와 정신 사이를
온전한 연결고리는
자꾸 변해갔다

녹슨 호미 한 자루

밭고랑에 묻힌 녹슨 호미 한 자루
내 유년 시절 낡은 유성기에서 듣던
노래처럼 어머님의 목소리가
더듬더듬 흘러나오고 있다

뙤약볕 쏟아지는 긴 밭고랑을
호미를 들고 나란히 출발하여도
어느새
저만치 마중을 나오시던
어머님의 호미 끝에 묻은 사랑이
사그락사그락 들리는 것 같다

무딘 호미 끝에 베인 목소리는
허공으로 퍼지고
어머님의 모습이 얼른거리며
사랑만이 호미 끝에서 깨우고 있다

뻐꾹새 울어대는 골짜기
메마른 밭을 호미 끝으로
평생을 일구어냈던 밭고랑에서
오늘은 그리운 어머님의
추억을 한 소쿠리 캐내고 있다

산과 산 사이 정기로

산과 산이 마주 보며 소리치면
맞받아 화답하는 사이
황소는 위 풀밭 암소는 아래 풀밭
먹이를 뜯는 사이
당연히 어미 젖가슴 파고들고
밤에만 위 초원 우리에서 합류했다
처음 보는 이는
산과 산 사이 정기 때문이라 했다

한 뿌리로 뻗는 사이
마디마디 새움 틔워낸 끄트머리
가장 약한 마지막 움은
울력으로 세상을 건너는 사이
호미 끝이 무디어진 보람으로 얻어낸
분필이 닳도록 열심히 근무했다

쇠똥구리 근성으로 막판을 보아야
직성이 풀리는 심정이다

목장과 목장 사이
각축하는 목동 속을 박차고 나와
목장 관리인으로 우뚝 섰다

호미 끝에 이루어 낸 분필이
한계점에서 모두 닳고 물러난 지금
시의 맥에 점화하고 있다
내 평생을 키운 것은
산과 산 사이 정기였다

2

산국山菊

운암지 제방에 처녀 같은 산국 무리
사랑이 영근 흔적에는 그윽한 향기에
햇볕도 또렷이 지문을 새겨준다

아름다운 처녀가 되고부터 콧대는 높아
아래로 볼 줄 몰라 마냥 애타게 군다
그러다 끝내 못다 피운 사랑

설상가상에 돌개바람마저 맞고
이미 한물간 노처녀가 된 지금
아무도 거들떠보지 않네

삭풍이 몰아친다
콧대 한 치만 낮출 수 있었더라면
모두 피워낼 황색 사랑을
이루어 냈을 텐데
색도 향도 시들고 마는 안타까움

직각

그는 남쪽을 사랑하면서
곧은 도로만 달리고 싶은 마음
남쪽으로 들어오는 따뜻한 사랑
겨울 남향 창가는 당신의 성깔 같으면서
완곡한 커브 길에서는 영락없이 북창을 연다

긴 여정을 한결같이 직각을 그리려는 몸짓
피곤하고 지칠 만도 한데 굽히지 않고
오늘
청소기를 직선으로 촘촘히 민다

남쪽 문 열 사이 호랑나비가 춤추듯
S 자 걸음으로 들어온다
궤적을 펼쳐 곧은 잣대로 바르게 재려는
직각의 성정

둔각과 직각의 만남이 성깔 뚜렷해
모두 조금씩 양보하면 직각이든 둔각이든
모두 편안해신다

꽃샘추위

사랑이 이렇게 쓰라릴까?
순탄한 줄만 안 사랑
곁에서 쿡쿡 찔러보는 꽃샘

발 시려 손 시려
오직 당신을 위한 처신
저 멀리서 오리라
그쪽으로 고개 기울어지도록
기다리던 보람

이제야 내 사랑이 익은 줄
꽃봉오리 펼치려는데
밀쳐 내려는 시샘한 매운 추위

내 절개 꺾일 수 없지
그럴수록 봄 햇살 듬뿍 끌어안고
내 분신 꽃 활짝 터뜨리라

이쯤 되면 꽃샘한들 잠시뿐
풀죽은 기세는 꼬리 내린디

사과

가을이 저문다
둥근 노을이
저토록 아름다울까
진열대에 선 마네킹보다
더 매력이다
가을바람이 슬쩍 스치기만 해도
홍조 띤 처녀의 풍만한 몸짓이다
훤히 들어낸 붉은 맨몸
시선을 끈다
창칼 든 병정 보초 선들
넘겨보고 꿀꺽 침 삼키지 않으랴
짙푸른 청년이
살짝 끌어안기만 해도
상큼한 향 쏟아내는 사과

파계사

남 돌아볼 여지없이
허겁지겁 움켜쥐려는
이건 내 허망이다
독경 목탁 소리 듣고
마음 비워내야지

삶을 너무 쉽게 너무 빨리
얻으려는 허망
발자국엔 허욕만 찍혔다

헝클어진 마음 한 꾸러미
산 댓잎도 알아차려 칼질한다
목어는 끊임없이 흔들고
푸른 나무는 침묵하지만
미소에 뻗친 피톤치드로
헹구려 한다

원통전 부처님 사려 깊은 미소
삶 너무 쉽게 너무 빨리
얻으려는 허망을
독경 목탁 소리로
내 허방을 메워줍니다

산을 안고

천직 40여 년 끝내 고향 등지고
이산 저산 오르락내리락
마지막 함지산을 품어 여정을 되새김한다
두루봉이 내 생을 싹틔워 철들게 키웠고
호골 산이 앞날을 제시했다
붉은 장미 잡아 함께했다
청옥산 신선한 정기가 새 명패 달아
개구리처럼 펄쩍 뛰게 했다
백천 계곡 일급수에 산다는 열목어처럼
살려 애썼다
동해 바닷바람처럼 억센 기질 비릿한 냄새가
타향을 실감했다
은해사 그윽한 향기 내 뼛속까지 스며
정상에 깃봉 꽂았다
마지막 항구는 기항지가 되어
무거운 짐 벗고
함지산을 안아 고요히 흘러갑니다

처방전 떼는 날

더 살고 싶다는
무언의 행동이다
내외는 외식으로
처방전을 위로했다

알약 한 줌씩 털어 넣고
내 시간 흠집 메운다

마주한 식탁에서
더 아름답게 다가와
행복이라는 당의정을 삼켰다

처방전 떼는 날
해로偕老라는 가마 타고
행복을 누리는 날

만나보고 싶은 친구

코로나19로 가두었으나
만나보고 싶은 마음은
익어가는 감처럼
점점 붉어 홍시가 되어간다

철저히 거리를 두고
만남을 자제하라는
서릿발 같은 지침

우리는 마음속으로 만나
너의 앞마당에 뻗고 자라는
한 알의 사과처럼
붉어지기만 하는데

한입 툭 깨물어 붉고
달콤한 맛 삼키고 싶은 정은
전생에 맺은 인연인 것을

코로나19가 우리들 사이를
띄워놓았으니
더는 참을 수 없을 정도로
만나보고 싶었다
전생에 인연은 서로 몰라도 좋아
그저 만나보고 싶은 친구다

시월 마지막 날

시월 마지막 날 오후 수변공원 벤치
항상 같은 구도였다
이것도 인연인데 하며 노숙녀가
집요하게 다가왔다
뭔가 멋진 화폭이 될 듯한 느낌

몸짓에 풍기는 여인의 미美보다 교양의 미
하늘 세계에 입주할 듯한 경전은 나를 포위했다
여호와의 왕국 하나님의 세계를
현실과 다른 내세를 긍정도 부정도 할 수 없는
내 무지가 요동하지 않았다

마음을 꿰뚫으려는 설법은 우선 칭찬
자신은 대문을 열고 끈질기게
뾰족한 정으로 무지의 차돌을 뚫으려는 돌진
다부지게 왕국을 설파했으나
여기와 저기의 경계를 그럴듯하게 방어했다
우리는 대화다운 대화로 내 우물은 더 맑아진 듯

내 화폭은 평소와 다른 구도가 됐다

수변공원 국화가 노란 웃음 펼치고
주위 늙은 얼굴들은 무표정인 듯 무념인 듯
무위의 그늘이 싸늘하다

해님이 시월 마지막을 마감할 듯 기운다
길게 늘어난 그늘을 짊어지고
뜻있는 담론화 한 폭 들고 주섬주섬
자리를 뜬다
시월아, 잘 가라 내년을 예약할 수 있을까

나생이 생각

내 고향 사투리 냉이를 나생이라 한다
산기슭 잔설이 마지막 찬 혀뿌리
녹아내릴 때
나생이 캐려 예닐곱 살 또래와
논밭으로 쏘다닌 그리운 추억

납작하게 들러붙은 나생이는
아래로만 쭉 내린 흰 종아리 같은
호미 한 번 툭 찍으면
흰 뿌리 숭숭 하얀 뿌리 해님 보고
찬바람 춥다고 뿌리털 부르르 떨고

찐득한 논바닥 나생이
툭툭 두세 번 쳐야
나 혼자 갈 수 없다고
진흙 달고 몇 번 어르고 달래고 다독이면
그제야 맨몸으로 항복

꼬맹이끼리 경쟁이나 하듯 다투고
그래 봐야 한 줌 안 되는 나생이
코흘리개 시절이었던
'나' 나는 '생' 생이 깊게 뿌리 박혀
'이' 이미 지난 어릴 적
추억 캐는 나생이 생각

홍어

아직은 몰라
그 아릿한 맛
발정기의 달밤이 환히 비출 때
앞을 스치는 그 여인의 향내가
홍어의 아릿한 향기처럼
내 코를 찌르면 나도 모르게
그녀의 꽁무니를 쫓을 거야
무관심한 사내들이야
그 진미를 모르겠지만
굳이 미식가가 아니더라도
예부터 탐닉耽溺했다
호색가처럼 홍어의 진미를
소나무 둔덕과 골짜기에서
피어나는 그 향기쯤은
쉽게 빠져들었지
누구나 좋아할 살아서 피우는
냄새도 좋지만
호랑이 가죽 남기듯

죽어서 피우는 냄새
그것도 곰삭을수록
짙고 오묘한 냄새
누구나
회자膾炙할 수 있는 냄새를
홍어의 아릿한 맛처럼
나는 피울 수 있을 것인가

냄새(향기)의 내부

아름다운 꽃이 향기를 뿜는다
꽃은 자신의 향을 느끼지 않는다

향기든 악취든
내부는 자신을 무감각으로 포장되고
그 외부는 타인의 감정이 발동한다

더 넓은 집을 장만하여
이사했다는 딸에
내 덤불이 한데 모인다는 데
내자는 목욕탕으로 떠밀었다
매일 아침 샤워하는데 뭐

냄새의 내부는 백색 둔각
외부는 민감한 감광지
언젠가 시내버스에서
젊은이가 승차하자마자
몸에 절인 담배 냄새

내 코를 움켜 막았다

늙어가며 지린내는
삶의 페놀프탈레인*이 될 수 있겠다

냄새의 외부는 타인이 민감하고
그 내부까지 맡아 녹아내면
한 울타리로 공유해도 되겠다

* 산·염기를 구별하는 지시약으로 사용된다.

빛 좋은 개살구

외제 차를 몰고 비틀거린다
아침 술이 아니더라도 간덩이 부풀었는지
안내판 '시속 20㎞ 천천히'
저걸 읽을 줄 몰라 당황했지

살구가 익어가는 계절에 덩달아 개살구가
한발 앞서 빛내 주구요

유난히도 신 것이 먹고 싶어
입덧은 발동보다 더한 반작인 줄 당신 몰라
살구 개살구를 구별 못 해 그만
색에 홀려 묻지도 따지지도 않았지

어디 가든 색으로 내세우면 어리둥절해진
살구들이 속고 넘어가지요
네 앞에서는 한 수 앞선 빛 좋은 개살구를
속속들이 씨방까지 파고들지는 않거든

아닌걸
언젠가는 씨방이 스스로 드러낸다니까
딱지 떼고 홧김에 앙칼지게 얼마짜리예요
읽어보세요
멍하게 있으니
아줌마 못 읽는구먼
내 아킬레스건이 밝히는 순간
낙과가 된 기분으로
살구나무 밑으로 납작했다
내 눈 내가 까발리게 될 줄이야
맘 졸이는 밤낮 헛바람만 속을 채웠거든

외출은 조심조심
배웠다는 살구 무리에 끼어들어
되도록 말은 적게 하면서 버티는데
유독 바람에 예민한 까틀 복숭아가
옆구리를 쿡쿡 찔러 말을 건다
너는 시간만 지나면 털 벗는 날 빛깔 날려

즙액을 탐하는 이 많지
나는 아무리 흘러도 본성은 빛 좋은 개살구

딱 까발려졌으니 마음 드러내어 편하게
홀소리 닿소리를 꿰고 있습니다

토종닭

송사리는 부화하자마자 제 삶을 제가 챙겨
내 삶을 짊어지지 않고 멜빵만 만지작거리는가
평탄한 길만 찾으려 하지 말라
가시덤불 헤치고 보면 붉은 별도 얻을 수 있어
토종닭은 어디든지 도전해 삶은 개척하고 있어

내 앞에 절벽이 놓이면 포기하지 말라
차고 나가면 넓은 벌판이 너를 기다려
토종닭은 눈 속을 파헤치고 생을 꾸려

온실의 꽃은 보호에 베여 연약해
찬바람 맞으면 금방 쓰러지고 말아
진자리 마른자리 가리지 말라
토종닭은 어디든지 제 생활 터전이다

보호만 받는 개량 닭은 무정란만 낳아
방사하는 토종닭은 유정란만 생산해

3

심증적

그를 심증적心證的으로 지목받았다
물증적인 것은 없다
당장當場은 확정이 아니다
외밭에서
신발 끈을 고쳐 매지 말라
이로울 게 있나
직장 내 불상사의 중심에서
심증적으로 굳은 자
평소의 믿음과 일치하는가
내 차 액세서리를 버린 적이 있다
양심을 버린 죄책감
이튿날 비 맞고 거두어왔다
체증이 확 내려갔다
심증적으로 지목받는 자
강심장이거나 견디자면
마비된 뱃심일걸

홍시

앳된 둥근 얼굴
순정 덩어리인 나

어쩔 수 없는 세월에
여물대로 여물었다

부질없는 세월은 흘러
누군가를 그리는
달콤한 단물로
만수위로 채워버렸다

고운 님 만나
딱 한 번의 데이트date로
마음을 빼앗겼다

그러나
산허리에 걸친 저녁놀은 빛나더니
저물어 어둠만 깔렸다
기약 없는 기다림으로 지새는 홍시

부부

겁의 인연으로 밝힐
내 안의 등불
햇빛보다 더 찬란한
쌍가락지
푸른 초원을 달리는
사슴 한 쌍
실개천 물이
냇물로 다시
여유로운 강이 되어 흐른다
딱 들러붙은 연리지
영원히
가슴에 묻어둘 사랑

원아들

아침 햇살 받아 웃음 짓는 물결
이제 막 땅 떠밀고
세상을 내다보는 씨눈 뾰족
환히 내다뵈는 유리구슬

숲에서 재재거리는 새 떼
종종걸음으로 삐악거리네

맑은 물살 찰랑댄다
손닿으면 귀여움 한 움큼
내 사랑 흠뻑 붓고 싶네

고운 햇살 어루만진다
따뜻한 몸짓 서로 비빈다
병아리 한배 어미 따라가네

맑은 물살 아래로 아래로
귀여움이 가득한 사랑 뭉치들

오늘의 운세

때로는 맑은 바람에
욱하는 폭발이 있다

절벽을 오르려는 무모한 용맹
벼랑에 의지한
조무래기 나무 한 그루
너무 쉽게 맡긴 믿음
펄쩍 뛰어 잡은 몸
그는 나를 거부하고 말았다

파닥파닥 몸부림
벌써 조각난 박 바가지

목 떨어진 꽃
욱하는 폭발
뒤끝이 가혹했다

이름 없는 풀꽃

메마른 땅에 점지 받아
뿌리 내리고 꽃 피웠잖아
향기 우뚝하거나
멀리 날리지 않아도
한 세상 살고 있잖아
수많은 풀꽃
눈 한 번 맞추지 못하고도
목말라 비틀어져도
비 맞아 활짝 하고
그렇게 살아가도
한 세상 같이 살고 있으니
외진 모퉁이를
확 들어내지 못해도
나만의 방식으로
나만의 낱말을
함께 섞을 수 있으니
이름 없는 풀꽃은
보람이 아니겠나

황사

봄이 익자 국내보다 몇 배나 더한
중국 내륙에서 황사가 배알*이 곤두서다
증상은
더부룩한 뱃속으로부터 구토물
쉴 새 없이 분사하듯 한 방귀
메케한 카스
지금은 미세 먼지라 일컫는다
중국 내륙으로부터
내게까지 닥쳐 마음 편치 않다
앞산이 흐리멍덩하게 보이자
목구멍 칼칼 코가 매콤
비염이라고
눈이 바삭바삭
안면 건조증이라고
아닌걸
내 글씨가 삐뚤삐뚤
문장이 뒤죽박죽
내가 몽롱해진다

* (사람이) 신경에 거슬리다

소금

누군가에 소금이 될 때
삶의 궤적이 맛깔스럽겠지
고목이 더 버텨 태백준령에서
고사목이 된다 해도
얼마나 더 절이면 짠맛 날까
소망으로 받아들여야 할
소금 같은 삶을 원하면
몸에 묻은 허물부터
씻어야지
아무리 절여도 싱싱해
살아 파도치는
바다 같은 질긴 생명
궂은비 맞지 말고
흙탕물에 얼씬 말아야지
소금 같은 삶은 위하여
마음을 절여야지

샤부샤부syabusyabu

펄펄 끓는 물에 잠시 잠겨
야들야들하면 숙성된 거다
나 반백 년을 맘 익히려 노력하다
그만 옆길로 흘러 조그마한 이익에
생생하게 반들거렸다
마음이 붉으면 쉽게 숙성되는가 봐
회자하면 감성이 젖는데 어찌하여
마음의 찌꺼기는 눌어붙어있단 말인가
얇고 붉게 말아낸 마음이 돼야 숙성이 빨라
욕심 끌어안아 두껍게 쌓을수록
숙성하기는 틀렸어
가볍고 얇고 사근사근한 맘으로 펄펄 끓는
육수에서 숙성하고자 마음 비워냅니다

도도하게 흐른다

그때는 처녀가 아니었지
말 붙여 재잘거리던 또래들과
허물없이 장난치더니
침 삼킬 듯한 처녀로 변신한 네가
콧대 높아 물밀듯 거침없다
맘 주고 싶은 자 말 붙이려 하면
들은 척 만 척 당당하게
흘러버린다
도도한 물소리는 외부 소리를
들으려 하지 않고
자기만의 세상인 듯 솨솨
황새 왜가리 몰려와서
노닥거리던 것이 얼씬하지 못한다
꽃 같은 시절 금방 지나간다
시들 때를 생각하라
말 붙이려 들면 잠시 말대꾸하는 척
붙잡으면 붙잡힌 듯하면서
도도하게 흘러라

크레바스crevasse

태생이 쌀쌀한 체형인데 알고 보면
따뜻이 감싸주는 한 면이 있다
내 마음 꽝꽝 얼어붙어 냉정이란 말
한구석을 녹여주고 있음을 아는가
내 심연의 크레바스*는 따뜻한 맘이
녹아 흐른단다

탐험가 더욱 조심할 얼음들판의 틈은
올무나 덫이 아니다
개미를 잡으려는 개미귀신처럼
작정한 함정이 아니다

꽁꽁한 내 체형에도 심연에는
따뜻한 맘 흘러 깊게 파인 것
따뜻한 마음의 통로다
나, 하얀 마음이다
올가미 함정이라는 터무니없는 말
하지 말라

크레바스는 얼음 지대에서 그은
따뜻한 심연의 한 획이다
탐구자들에 내 맘 살피려
조심스럽게 내려다보면
내 맘 알아차릴 것이다

*크레바스(crevasse)는 빙하나 눈 골짜기에 형성된 깊은 균열이다.

나팔꽃

정점을 찍을 아침
영롱한 아침이슬 머금은 나팔꽃
그때는 감광지 광도가
최고점을 찍어도 좋을
일의 정점도 그 무렵
이슬 머금은 나팔꽃에
CCTV 같은 눈초리 지닌 사내들
늘 침 안 흘리면 중성일지
온 장터를 휩쓸어
화려한 청남색 치마 펄럭이면
벌들 다투던

감광지의 광도는 흐릿해지고
내뱉은 낱말은 같은 레퍼토리
볼펜 글씨 마르기 전에 재탕 재재탕
나팔꽃 시들어진다
늙은 시간만 쌓으면 당할 자 없다

이쯤 되면 비틀거리는 감광지에 가려
대소변을 까만 백지로 인식
자녀들 흐릿한 화질에 한숨만 나온다

나팔꽃 뜨거운 햇살에 오므라진다
아직 나팔꽃 떨어지지 않았어

입술의 물집

첫사랑이 입맞춤하면 좋으련만
언뜻 부는 바람에도
스트레스에 민감해
망월이 돼야
고비를 맞는다

달도 차면 기울어져 고단한 음절은
뒤엉켜 스스로 정화하여 흐른다

내 손발이 익숙하지 못해
위에서 짓누를 기압 같은 것이
팽창한 고무풍선 같은 것이
잣대로 제시한다

밑바닥은 언제나 눈치다
아니 스트레스다
계단을 쌓아 봐
물집은 붉은 입술엔 돋지 않아

송이버섯이 아무 곳이나 솟느냐

달이 차고 해가 진다
물집은 언제 있었느냐
시치미를 뗀다
입술이 더 붉어진다

4

산 댓잎

수변공원 앞 기슭에 산 댓잎 무리
청초한 처녀처럼 수다를 떤다
푸른 낯빛으로 날카로운 눈매에 홀려
한창 약동하는 약관의 젊은이
추파 보내고 싶은 마음이다

진한 향기 흩뿌리는 방년芳年의 처녀에
허튼 말 던지지 말라
얼비친 수작에 넘어갈 사람 없단다
새파란 칼날 부딪는 소리 들리느냐
정신 차려라
억센 주먹 높이 쳐든들
소용없는 짓이야

한겨울에도 미끈한 푸른 다리 뻗는다
진실한 마음에 새긴 너의 몸짓에
더 푸르러지고
날카로운 성깔 누그러실지

모진 시간 견디며 푸르게 커왔다
바스락바스락
예리한 칼날 세워
세월을 건너는 산 댓잎

어긋난 시차

놓아두었던 자리
좌표가 조금 변하면
허둥지둥 헤맬 나이

변하지 않는 성정은
직각과 둔각
당신은 왼편
나는 오른편
시계방향으로 돌고
구시렁거리든 뭐든
하루 두 번 포옹한다

취침 시각의 시차
밤 용변의 시차
이건 교차하는 시각 대신
자가당착으로
변을 당할 때가 있다

올빼미는 새끼
모두 잠재우고 나서
안심하고 잠든다
올빼미 정신과는
가당찮은 늦잠에
아침 해가
궁둥이를 찔러야 깨어난다
구시렁거리는 시차든
어긋난 방향이든
해만 뜨면 녹아내려 편안하다

겨울나무

봄이 올 것이라는 믿음 하나로
떨며 겨울잠을 잔다
뿌리털이 시리다고 외침은
온몸이 얼었다는 것이 아니라
살아 있다는 것

이 계절을 가장 혹독한
시련이라 본다
잎을 떨친 것은
더 마음 쓸 일을
줄이자는 관습이다
덧옷이란 인간에 적용
겨울에 맨몸은
원래로 돌리려는 본능

동면은 봄 맞을 차비다
잎을 피울 감은 눈은
해님 바라보고 힘을 키운다

진눈깨비가 후려치고
상고대를 만들 때야
해님의 손길을 빌어
나를 이긴다

시린 잠에 희망마저
재워서는 안 되지
봄이 오는 쪽으로 마음 데운다

내 뒤를

비틀거리는 나이
거실 온도는 섭씨 33도
저녁 무렵 학정 네거리 느티나무 숲에서
매미가 나를 불러냅니다
마스크는 필수이면서도 거치적거린다
아스팔트 열기 확확 덮어씌우면서
내 죄 다그치는 듯 달라붙는다
땀 좔좔 흘리면서 손사래 저었습니다
팔거천이 휘어들며 쏴쏴 죽비竹篦를 들어
내 죄 고해 같이 흘러가자 합니다
가로등 환히 비추더니 역시 지난 적
허물없느냐고 깜박깜박 다그칩니다
날파리 쏜살같이 내 동공을 맹공하면서
고하라 합니다
삐뚤삐뚤한 발걸음을 바른길 걷겠다는
다짐하니 뒤부터 닦으란다
뒤를 찔끔거릴 만큼 혼똥* 쌀 만큼 빌었다
얼마나 더 치러야 반듯하게 걸을 수 있을는지

* 야단맞거나 급하거나 할 때 놀라 똥 지린다는 사투리

스투키 화분

황홀하지 않은 순수한 마음
한여름 풍혈 앞에 선 듯 신선하다
생기 불어넣는 새움 여덟 포기

혼탁한 공간을 정화하는 공작 부채
깔끔한 매너에 매혹한다
늘씬한 몸매 자랑하는 모델처럼
시선을 집중한다

내 생의 고고呱呱한 시간을
가장 푸르게 축하했다

내 허파꽈리를 더 맑게 지켜주는
파수꾼을
거실에 두고 교감할 스투키

취업은 별이다

항상 고운 바람만 부는 줄 알았다
창 넘어 후투티 새를 바라본다
4년을 꼬리치던 새는 날아가버렸다

찬 바람 분다
양철지붕 우박 소리
별이 떨어지는 소리다
잡을 손재주 없다

종이배는 떠내려갔다
붙잡을 줄 몰라
종이접기 배우는 친구 보고 헛기침했지
내 손은 털 손
친구는 펜대 잡고 별을 즐긴다

4년을 별 딸 장대 몇 개씩
그 친구 쉽게 별을 따는데
장대 하나 없는 내가 밉다

꽃

수많은 꽃
자기만의 색깔과 매력을
자기들끼리
잘난 척하지 않는다

꽃 같은 시절을
허송하지 말라
금방 지난다
마음껏 드러내
보이고 싶으면 하라
쳐다보지 않는 꽃은
이미 한물간 꽃

요염 매력 향기
진할수록
꽃값 한다

내 꽃은 시든 꽃
가는 세월에 실려 간다
내 안의 꽃 활짝 하다

시련

턱없이 짧은 잣대를 들고
높고 미끈한 시맥을 따르려
재고 있었다
방 안 한 주발의 물이
살얼음 끼어도
붙들려 아등바등 쳤다

찬바람 한기에 바싹 얼은
대나무가 푸른빛 잃지 않는다
높은 시맥 따라 오를수록
거리를 좁히는 듯
울림을 느끼는 듯

철이 들자 사리를 살필 줄 알면서부터
쌓은 모래더미가 자꾸 흘러내리는 것도
단단한 뼛속 구멍 숭숭 뚫리는 것도
알아차렸다
한겨울 까맣게 얼어붙은 솔잎이

해만 받으면 푸른 솔잎으로 돌아온다
시련이다
여기서 멈출 수 없지

백 년 묵은 고사목 뼛속
사리 한 움큼 간직하고
꿋꿋이 실꾸리 감아 밝게 걸어
이 시련을 거뜬히 이겨 내고말고

봄날은 간다

함지산 골짜기로
젊은 기운 펼쳐 올린다
가뭄 걱정 코로나 걱정 몰라
봄을 마음껏 펼치고 싶은 젊음
팽팽한 바운드에
궤적 곡선이 너무 뚜렷하다
적외선이 아니더라도
색 광기 눈총만 쏜다면
더 선명하겠다
풍선 팽팽할수록 둥둥 뜬다
너의 산과 계곡의 봄 정기
너무 물씬하다
꽃은 열흘 못 간다고 했다
봄 향기는 햇볕으로 더 달구어 낸다
벌 나비 모여들지 않은 꽃은
한물간 꽃일 수 있다
젊음아, 봄날은 간다
더 팽팽하게, 더 선명하게

샤스타데이지

5월
자애로운 햇볕이 내린 지문이
또렷이 박히면 저렇게 순진할까
사랑 주고 사랑받는 너
미소 가득하군

바람이 너그럽게 쓰다듬는다
네 매력에 취한 바람의 행로가
너를 한들거리게 하는군

샤스타데이지
너를 보면 발걸음이 가볍다
네 곁을 그냥 지나지 못해
한참 넋 잃은 나
덥석 안아주고 싶은
지체 못 하는 마음 부끄럽다

가을의 문턱

계절은 가을 꼿꼿이 세워 놓았지만
여름은 꽁무니를 흔들어 버틴다

도로를 질주하는 쾌감은
버팀의 진행형이다
들판 벼도 한사코 푸름을 붙들고
놓으려 하지 않는다
나는 가지 끝을 매달려 껄껄 웃는다

너희 놓는 날부터 꽉꽉 채우지
나는 누렇지만 미래를 붙들고
큰소리 뻥뻥

내 앞에 시뻘건 국물이 뽀글뽀글
혀를 기다리니 기쁨이야
버틴 열매다

한사코 버틴 결말이 성숙만 바란다
가을의 문턱에 선 넋두리 하나 버틴다

5

수변공원의 개나리

네 천성을 알겠다만
모두 겨울을 맞아 오돌오돌 떠는데
북풍이 칼날 세워 으름장 치는데
어쩌자고 노란 연정 펼치려 서두르냐

사랑은 시도 때도 없다지만
네 진노랑 맘 때맞추어 보렴
임은 멀리서 채비나 하는지
임 향한 단심
노랗게 펼치려 드는가

햇볕은 너를 응원하지만
몹쓸 바람 훼방 짓는다
서둘지 말라
남 먼저 사랑을 피우고 싶은 마음
칼바람 억센들 힘 빠질 날 닥칠 거야
그때 사랑 펼치면 칭찬 박수 보낸다

앞서고 뒤서는 것
여유와 긴장이 언제나 팽팽하단다
서두르다 네 고운 얼굴 피기도 전에
폭삭 얼어버릴까 염려한다
네 천성 잘 조절해 보렴

먼지떨이

찌든 마음이 깊이 쌓이면
근심은 응고해 찰싹 붙고 만다
산행에서 달라붙은 맘의 티끌
여기 먼지떨이에서
싹싹 깨끗이 털어낸다

내 삶이 흘러온 여로
눈비만 맞는 게 아닌
마음 걸러내지 못한 찌꺼기가
깔렸을 것이다
마음 하나로 죽음의 길
맑게 닦는다는 심정

내 허튼 마음 수변공원
먼지떨이 하면서 나를 되돌아본 오후
마음 하나 바른길 걸어도 깨끗해질까

햇볕이 정면으로 비춘다
거기 내 마음 말린다

알면 안 되니껴

우리말 우리글이 침략 당했을 때
나는 일본 선생한테
일본 글 말 배웠니더

집에서는 잘 주무신니껴, 잘 가시데이
왜놈 앞에서 단디 하라카이
마카 짚신 신고 마실 돌고
그만 배 고프이더
우리말 막 썼다 카이

좋은 말 뚜껑 열고 있니껴, 업니더
학교 가면 뚜껑 닫고
고자질 당하면 매 맞고 벌서고

마음 놓고 말하고 듣고 쓰고
이 좋은 시대 우리나라
'국민은 몰라도 돼'
나, 좀 배워 알아 듣니더

알고 시프이더, 알면 안 되니껴

한재 미나리

2월 바람은 쌀쌀한데 아랑곳없이 모여드는
음지만 쫓다 매일 탁주 퍼붓다 재개발 바람에
웃자라 휘청거리는 미나리아재비 같은 이들
한재 미나리 찾아 앳된 처녀 향을 핥으러
혀 내밀어 날름거린다
입 째지게 찬사는 잊지 않아
어쨌든 젊어지고 봐야 한다
한재 미나리는 사향노루처럼 향 막 뿌리면서
누구든 가리지 않고 덥석덥석 입속으로
기어들기 바쁘다
물만 먹어도 잘 자라는 콩나물은 철 가리지
않지만, 미나리는 5월이면 환갑이라나
그 좋은 시절 벌써 굳어 가냘픈 허리도 볼품
없어지자 처녀 향 대신 오줌 지린내를 뿌리면
많은 미식가는 얼씬하지 않는다
아삭아삭 야들야들 그 향에 매혹되는 것은
젊을 때 말이지 한물간 것은 돌아보지 않는다
한물간 인생처럼

부엌 가스 밸브

주방 가스 밸브는 정직하다 믿는다
아니
획 돌면 거짓을 숨기려 작동할 수 있다

늙은 허파꽈리에 구멍 숭숭 뚫려
가스가 새어 나올 것을 걱정했다

벼랑 끝 생명이 꽃피워 나풀거린다
들숨 날숨이 정직해서다

가스 밸브의 정직성을 내가 조작한다
주름 손이 구부정하여 약간 이탈하면
뜨거운 맛에 데일 수 있다

가스 밸브에 시간 지킴이를 고용했다
그래도 안심해도 될는지
노파심을 잠근다

전신마취

구급차로 내딛는 발걸음
소독이 완벽한 동굴에서
내 이름을 잃어버렸다

박동은 계기를 돌렸고
생각은 허공에서 사라졌다
골든타임을 놓치지 않으려는 메스mess

병상에 매단 내 이름씨[名詞]가
양감을 저울질하는 중

나는 고문관*이 되어
천장으로 동공이 유람했다.

* 조금 바보스럽고 모자란다는 은어

가장 뜨겁게 흘릴 땀

지루한 장마는 갔다
풀무질은 더 힘차게
담금질은 야무지게 해야겠다
개는 혀를 내밀고 그늘 찾아
헐떡거리는 시간
내 땀이 헛되지 않게 촉진제가 되어
시어가 불쑥불쑥 흘러나왔으면 좋겠다
올챙이는 개구리 되어 밤마다
합창 연주에 참여하고
해바라기는 습작을 마치고
노오란 은유를 토해내며
해 따라다닌다
땀의 결과는 속속 드러낸다
비록 뻐꾸기처럼 탁란하는 일은 없겠다
올여름에 가장 뜨겁게 흘릴 땀이
그냥 휘발하지 않도록 해야겠다

미친바람의 행로

문명의 칼 번득이는 오늘날
미친바람의 행로를 가두지 못한
문명인의 수치를
병상에 올려 신음한다
온실 성의 허약 체질인 현대인
야생을 뜯고 야생마를 모는
유목민의 콧구멍은
미친바람의 행로쯤이야
무시하고 말지
행로를 지도나 해도 기상도로
생각했는지
펜대 잣대를 댄들
어느 공간이든 마음대로 주무르는
야생마의 울부짖음과 날뜀처럼
종잡을 수 없는 빗금만 긋지
꼬리 잘린 도마뱀의 행로쯤은
반듯한 잣대로 갈음할지라도
미친 도마뱀을 추적한들

걷잡을 수 없어 알코올 분말의 확산
야성의 유목민은 우주를 향한
귓바퀴만 열어두면
미친바람의 주파수를 알아차려
금방
한 우리에 가두고 말걸
온실을 튀어나와 야성의 바람에
단련하면 미친바람의 행로를
무시해도 좋을는지

수성못

눈썹처럼
가장자리에 서서
하늘 쪽으로 푸름을 뻗다
팔 벌려 서로 엮어
수성못을 감싼다
생동하는 아가씨 눈빛
반짝반짝
네 속으로 빠지고 싶다
막무가내로
내 맘을 던져본다
거부하는 몸짓은
아름다운 경련으로
아직
더 익혀야 한다는 기별이다
저녁놀이 깊이 박힌다
더 닦아내야 할 나

망각

암실에서도 콩나물은
고개를 이리저리 돌린다

눈을 감고
귀를 감고 생각을 세워
망각을 싹 틔우려 했다

씨앗은 캄캄한 밤이라고
잠자지 않는다
삶을 틔우려 꿈틀한다

하루가 사라졌다
죽었다가 깨어나도
그날
내 행위는 매장됐다

내압

하얀 마네킹이 아니다
흰 가운 밖 살갗에서 백합 향이 풍긴다
열 손가락의 동작을 초점으로 날렵하게
모인다
부드러운 입김이 다가와요
짜릿한 촉감이 전류가 되어 손가락으로부터 흐른다
달콤한 감전에 나무이파리가 흔들거리네요

화려한 조명은 없었다
월동을 앞둔 나목에 보호대 두르듯
방금 활짝 핀 백합이 나를 칭칭 동여맨다
움직이지 마세요, 그것이 편안한 자세예요
방긋이 벌어진 구개음이 드나드는 문이 여닫는다
더, 더 꽁꽁 압박했다
더 '조를까요?'라는 암호 같은 신호가
부풀어 오른다

혈류 관이 수축하고 항문이 벌름거린다
압박해도 기분 좋은 것은 내압耐壓의 혈류가
유쾌한 멜로디에 하모니까지 어울려
잠시 정지한 정상을 정복한 쾌감 때문일까

화려한 꽃봉오리의 외압外壓에
내압으로 맞서도 유쾌하다
나는 헐떡거리지 않았다
가장 정숙한 자세가 정석이니까
최상의 오르가슴에 깃발 꽂고 내려올 차례
스르르 내려주고 120에 80이네요
아주 정상이에요, 만족하세요

해설

고정관념 허물기, 직각에서 둔각으로

박 윤 배 | 시인

1.

시를 쓰면서 시인들은 자신에게 "시는 무엇인가"라는 자문을 할 때가 많다. 박승봉 시인의 시는 시인이 스스로에게 가하는 일종의 채찍 같은 것이거나, 일상의 삶에서 좀 더 승화된 지고지순한 자신으로의 도약을 꿈꾸는 길잡이로서의 시일 것이다. 그것은 먼저 세상을 살다 간 부처나 공자나 아리스토텔레스 같은 다양한 선인들의 경전 같은, 어록 같은 지침들과 다를 바 없는, 시인 자신의 시말로 자신을 컨트롤하려는 것이 아마도 시인의 시들이 아니겠는가?

이런 생각을 하게 된 근원에는 그의 자서에서 자신의 시를 일컬어 "시련일지"라는 표현을 쓰고 있고, 그 바탕은 차디찬 시간에 있다고 밝히고 있는 자서에 근거한다.

"마지막 군불을 핀 지 10여 년" 냉골의 방구들 위에서 많은 시간 동안 터득한 경전공부가 의미하는 바도 결국은 좋은 시를 쓰기 위한 고뇌가 아닐까. 그렇게 쓴 시들을 결국 시인에겐 무엇인가? 마지막 군불의 의미도 따지고 보면 실제의 군불이 아닌 욕망의 불이거나 일생을 꿈꾸던 그 무엇이 한순간에 허물어지고 찾아온 허망을 어떻게 메꿀까 고민 중에 결국 매달릴 곳을 찾은, 그것이 박승봉 시인의 시 쓰기는 아니었을까.

그렇게 시를 쓰면서 일상의 작은 것들에서도 의미를 찾게 되고 거기서 카타르시스의 쾌감을 알게 되는 과정 속의 기록들이 아마도 이번 시집 속의 시들은 아닐까. 시인은 이렇듯 오감으로 살아나는 대상들을 주변에서 발견하게 되고 직각에 길들여진 자신을 슬그머니 둔각으로 옮겨놓으려는 삶의 기록이 아마도 이번 시집의 시들로 보인다. 또한 자신의 고정관념으로 인해 불편했을 주위의 사람들과 자연들에게도 화해의 손짓을 내밀고 있다.

생각을 구부리면 서로 편하다
내 머리에 박힌 차돌 하나
이것 때문에 애들이 답답해한다

-「고정 관념」 일부

내 콧속엔
허름한 허당 하나
온종일 쌓은 허욕이 있다

비워내야 할 나이
분수에 지나친 끊임없는 망촉*
아침이면 재채기를 한다

핑계는 비염이라고
등골에 땀 배어 나오도록
반성문은 에취 에취
열서너 장 될걸

까맣게 잊은
부끄러움 가득 쌓고
아침에는
콧구멍 쓰리도록 반성문으로 닦는다

* 만족할 줄 모르고 계속 욕심부림

–「비염」 일부

결국은 자신을 반성하는 일이 위 시 「비염」에서 재채기 행위로 나타난다. 누굴 대하든 바른 맘/ 바른 낯빛/ 바른길 제시하는 나침반을 꿈꾸는 시인은 일련의 반성적인 행위들을 시 속에 데려와 거울처럼 자신을 비춤으로 자기 치유의 방법을 찾고 있다. 핑계는 비염이지만 온종일 쌓은 허욕이 밤의 터널을 지나 아침에 터지는 재채기로 에취 에취 콧구멍이 쓰리도록 반성문을 쓰고 있다. 그리고 온종일 쌓은 허욕의 일부에는 아마도 위 시에서 지적한 바 있는 "생각을 구부리면 서로 편하다"에서 "생각을 구부리지 않아서 서로 편하지 않았다"는 어떤 반증적인 것에 대한 반성이며, 내 머리에 박힌 차돌 하나가 결국은 고정관념의 원인인 것을 시인은 자가진단하고 있는 것이다. 이는 자기 자신을 가장 잘 아는 것은 자기 자신이라는 말과 무관하지 않다. 존재론적인 측면에서 결국 시인은 자신을 알아가면서 일상의 경험들로 상상의 노둣돌을 놓고 있는 것이 아마도 이번 시집일 것이다.

운암지 주변을 앙증맞은 얼굴로
한 무리 지어 일제히
깔깔 웃는다
그래그래 웃는 네 얼굴 보니
내 시름 쑥 들어간다
한세상 건너는데
어찌 웃음만 있겠나
괴로움 드러내지 않고
웃음으로 태연한 척
나 조금만 괴로우면
얼굴 찌푸리고
가족을 들 삶는 짓거리
참을 줄 모르는
분홍바늘꽃보다 못한 사람
나의 괴로움을 속으로 삼켜
환한 얼굴 지으면
서로 보기 좋아하지 않겠니

-「분홍바늘꽃」 전문

위 시 전반부는 분홍바늘꽃의 긍정적인 이미지를 서술하고 있다. 그러나 반전된 후반부는 그런 바늘꽃에 대한 자신의 반성이 이 시를 두 개의 관점에 놓으면서 대조 대비의 미학을 드러냄과 동시에 자신을 돌아보고 있다. 고정관념 즉 오랜 기간에 걸쳐 형성되어온 윤리관이거나 가부장적인 권위의식 같은 것에 얽매인 자신을, 비유된 꽃을 통해 여지없이 반성하는 시인의 모습은 "나 조금만 괴로우면/ 얼굴 찌푸리고/ 가족을 들 삶는 짓거리/ 참을 줄 모르는/ 분홍바늘꽃보다 못한 사람/ 나의 괴로움을 속으로 삼켜/ 환한 얼굴 지으면/ 서로 보기 좋아하지 않겠니"의 고백형 진술로 나타내어진다. 이때 시인은 또 다른 시에서도 고백하는바 미세한 소리에도 일일이 반응하던 귀가 꽃 같은 싱그러운 것만 새겨들으려는 귀로 바뀌었음을 넌지시 함께 고백한 부분도 눈에 띈다. 이러한 생각의 발원지는 함지산 산그늘을 다 품어주는 운암지인바 산의 각이, 부드러운 여성의 상징인 못물에 비치면서 무형의 바람에 일렁이는 분홍바늘꽃까지 만났으니, 시인의 감각은 청각이 허물어져도 시각과 후각이 그 역할을 다 하게 됨을 그의 시 여러 편에서 냄새라는 구체적 형태로 나타나고 있다.

2.

시 「산국」에서는 운암지 제방에 피는 청아한 꽃 山菊을 의인화시켜 한 여인의 생애로 표현하고 있다. 여자아이가 자라 그윽한 향기를 풍기는 성숙한 처녀가 되면서 높아진 콧대로 남들을 애태우더니 결국 거들떠보지도 않는 노처녀가 되었다는 이야기로 사랑의 아쉬움을 노래하고 있다. 시 「꽃샘추위」도 사랑을 쓴 시다. 시 「산국」에 비해 「꽃샘추위」는 "사랑이 이렇게 쓰라릴까?/ 순탄한 줄만 안 사랑/ 곁에서 쿡쿡 찔러보는 꽃샘" 사랑의 시작이 순탄하지 않음을 노래하고 있다. 시 「사과」에서는 사과를 "가을바람이 슬쩍 스치기만 해도/ 홍조 띤 처녀의 풍만한 몸짓이다" 등등 시인에게 비춰지는 많은 사랑의 빛깔들은 다양하다. 그러한 여인을 대상으로 노래한 여러 편의 시 중에서 눈에 들어왔다가 마음에 오래 머문 시 한 편을 소개하면

> 아직은 몰라
> 그 아릿한 맛
> 발정기의 달밤이 환히 비출 때
> 앞을 스치는 그 여인의 향내가
> 홍어의 아릿한 향기처럼

내 코를 찌르면 나도 모르게
그녀의 꽁무니를 쫓을 거야
무관심한 사내들이야
그 진미를 모르겠지만
굳이 미식가가 아니더라도
예부터 탐닉했다
호색가처럼 홍어의 진미를
소나무 둔덕과 골짜기에서
피어나는 그 향기쯤은
쉽게 빠져들었지
누구나 좋아할 살아서 피우는
냄새도 좋지만
호랑이 가죽 남기듯
죽어서 피우는 냄새
그것도 곰삭을수록
짙고 오묘한 냄새
누구나
회자할 수 있는 냄새를
홍어의 아릿한 맛처럼
나는 피울 수 있을 것인가

-「홍어」 전문

이 시의 대상이 된 홍어는, 시 초반부에서 발정기 달밤 그 여인의 향내를 따라가다 보면 어느새 여인의 냄새가 아닌 살아서 시인이 남겨야 할 시의 냄새에 이른다. 직접적으로 시 이야기는 누구나 회자할 수 있는 호랑이 가죽 냄새란? 이 시집의 몇몇 시가 상징하는 바에 비춰 볼 때 결국 시인이 남겨야 할 시에 대한 고뇌일 것이다. 도입부의 아직은 모르는 그 아릿한 그 맛을 찾아 시인은 냉방에서 10년을 경전에 가까운 시를 읽으며 자신의 시를 고민했던 건 아닐까. 그렇게 얻어낸 결론은 시 「토종닭」에서 부화하자마자 제 삶을 제가 챙기듯, 방사된 토종닭이 눈 속을 파헤치고 생을 꾸려가듯, 현실의 삶을 살아가려는 시인의 의지 그대로다. 시편 여기저기에서 비유된 대상들로 시인의 상징은 더욱 빛난다.

메마른 땅에 점지 받아
뿌리 내리고 꽃 피웠잖아
향기 우뚝하거나
멀리 날리지 않아도
한 세상 살고 있잖아
수많은 풀꽃
눈 한 번 맞추지 못하고도

목말라 비틀어져도
비 맞아 활짝 하고
그렇게 살아가도
한 세상 같이 살고 있으니
외진 모퉁이를
확 들어내지 못해도
나만의 방식으로
나만의 낱말을
함께 섞을 수 있으니
이름 없는 풀꽃은
보람이 아니겠나

–「이름 없는 풀꽃」 전문

외진 모퉁이를 확연히 들어내지 못해도 나만의 방식으로 나만의 낱말을 함께 섞을 수 있으니, 이름 없는 풀꽃은 보람 아니겠나! 이 시는 풀꽃을 앞에 두고 자신의 삶에 대한 낙관을 잘 보여주는 시다. 이러저러한 시의 고민들이 결국은 이렇듯 소탈하게 결론지어진다. 시가 함축의 미학인 것도 할 말을 다하지 않는 데 있다. 그런 측면에서 위 시는 완성도가 매우 높은 시이다. 이름 없는 풀꽃을 쓴 시가 심상 안에서 대상을 녹여낸 시인 반면에 또 다른 시 「오늘의 운세」는 자신의 욱하는 성격에 대한 시다. 욱하고 폭발하는 성격의 결과는 참혹함으로 늘 돌아왔고 마치 조각난 박바가지, 목 떨어진 꽃임을 경험했다고 시인은 쓰고 있다. 다시 말해서 욱하는 감정이 시가 되는 경우는 시인에겐 흔한 일이다. 그러나 그 욱하는 감정을 어떻게 물을 주고 잘 가꾸어 내느냐에 따라 좋은 시가 된다. 3부의 또 다른 시들 중에서 소금을 다룬 시는 소금을 보는 관점이 독특하다. "마음을 절여도 싱싱해지는 소금" "마음에 묻은 허물부터 씻어야 하는 소금"을 통해 흙탕물에는 얼씬 말아야지라는 직관을 얻어내고 있다. 이렇듯 대상을 두고 쓰인 시들 펄펄 끓는 육수로 들기 전 가볍고 얇고 사근사근하게 「샤부샤부」, "따듯한 심연이다"라며 긍정의 직관을 끌어낸 「크레바스」, 뜨거운 해가 뜨면 오므라지는 「나팔꽃」의 직관 등이 낯선 듯하면서도 삶의 심연에서 우러나온 의미심장한 직관으로 보인다.

3.

박승봉 시인은 식물과 친숙하다. 그의 시 속에 등장하는 식물들을 찬찬히 열거해보면 산 댓잎, 분홍바늘꽃, 산국, 사과, 나생이, 개살구, 홍시, 풀꽃, 나팔꽃, 스투키, 샤스타데이지, 한재미나리, 개나리 등이 그의 시에 등장한 식물의 이미지들이다. 즉 식물을 시의 상관물로 가져온 데는 그가 겉으로는 남성이지만 여성 못지않은 섬세한 성격일 수도 있겠다. 세밀한 관찰을 통해 시적 상상력을 바탕으로 시를 쓴다는 것이다. 그렇다고 시가 여성적인 것은 아니다. 산 댓잎을 두고 "새파란 칼날 부딪는 소리"로 환치시키거나 화분에 담긴 스투키라는 식물을 보면서 "내 생의 고고한 시간을 가장 축하한 건 스투키 너였다"거나 "혼탁한 공간을 정화하는 공작부채"라는 직관은 시인이 대상을 두고 오래 고민하지 않으면 나오지 않는 남성적 묵직한 문장이다. 또한 박승봉 시인의 시에 특징 중 하나는 삶의 주변인 함지산 일대 또는 수변공원, 운암지를 배경에 둔다. 식물적 이미지를 많이 사용하면서도 시 속에서 특별히 어느 한 계절에 치중된다거나 계절적 민감성을 심하게 드러내지는 않는 걸 보면 시인의 시력은 만만하지 않다. 모든 소재들은 사랑에 대한 열망의 대상이면서도 열망만이 아닌 허망을 맛보고 마는 시인 자기 자신의 이야기이면서 동시에 삶의 전반에 대한 반성과 은근슬쩍 연결된다.

얄팍한 봉투로 아이 셋
공부 시켜 짝 맺어 주기까지
강박감은 탈출구를 찾지 못해
육체는 빙점에 도달한 듯
가둔 물은 흘려보내야지
강박감의 내부를 압박했다

-「육제와 정신 사이」 일부

주방 가스 밸브는 정직하다 믿는다
아니
획 돌면 거짓을 숨기려 작동할 수 있다

늙은 허파꽈리에 구멍 숭숭 뚫려
가스가 새어 나올 것을 걱정했다

벼랑 끝 생명이 꽃피워 나풀거린다
들숨 날숨이 정직해서다

가스 밸브의 정직성을 내가 조작한다
주름 손이 구부정하여 약간 이탈하면
뜨거운 맛에 데일 수 있다

가스 밸브에 시간 지킴이를 고용했다
그래도 안심해도 될는지
노파심을 잠근다

–「부엌 가스 밸브」 전문

뻐꾹새 울어대는 골짜기
메마른 밭을 호미 끝으로
평생을 일구어냈던 밭고랑에서
오늘은 그리운 어머님의
추억을 한 소쿠리 캐내고 있다

–「녹슨 호미 한 자루」 일부

박승봉 시인을 만나본 적은 없지만 시인을 시집에 게재된 시들로 보면 연조가 만만치 않은 분 같다. 직각도 둔각도 꿈꾸는 세계 안에서 유려한 만남을 갈망하는 시인이다. 또한 시인은 닳은 분필을 들고 충실하던 생업에서는 한걸음 물러선 것처럼 보인다. 그러나 시만큼은 온 정열과 혼신을 다하는 모습이 시편마다 의욕으로 묻어난다. 그리고 자신만의 문장을 꿈꾸는 일면도 있다. 뻐꾸기처럼 남의 둥지에 탁란하는 일은 없겠다며 시를 대하는 자신의 의지도 드러낸다. 위의 세 편 시 중 「육제와 정신 사이」에서는 강박감이 자식 셋을 기르다 생겼다는 그 원인에 대한 고백일 수도 있겠다는 생각이 든다.

또 다른 시 「부엌 가스 밸브」에서는 밸브를 두고 노파심에 빠진 것이 현재 자신의 한 모습일 것이고 시 「녹슨 호미 한 자루」는 한 권 분량의 시집 안에서 통해 어머니의 기억을 떠올리는 유일한 시이다. 이제 자신이 기억 속 어머니의 모습과 다르지 않음일까? 그러니까 녹슨 호미자루를 든 박승봉 시인에게 시는, 결국 5월 미나리도 2월 미나리로 돌려놓는 힘의 원천이다. 동시에 펄펄 힘이 살아나는 처방전이며 간호사가 내압을 재고 나서 120에 80 "정상입니다."라고 둔각으로 들려주는 그 희망적인 한마디가 바로 이 시집의 시들인 것이다.

박승봉 시집

산과 산 사이 정기로

인쇄 | 2021년 3월 25일
발행 | 2021년 3월 31일

글쓴이 | 박승봉
펴낸이 | 장호병
펴낸곳 | 북랜드
06252 서울 강남구 강남대로 320, 황화빌딩 1108호
대표전화 (02)732-4574, (053)252-9114
팩시밀리 (02)734-4574, (053)252-9334
등록일 | 1999년 11월 11일
등록번호 | 제13-615호
홈페이지 | www.bookland.co.kr
이-메일 | bookland@hanmail.net

책임편집 | 김인옥
교　　열 | 배성숙 전은경

ISBN 978-89-7787-991-1 03810
ISBN 978-89-7787-992-8 05810 (E-book)

값 10,000원